KB071273

청어詩人選 311

개벽고

이종열 시집

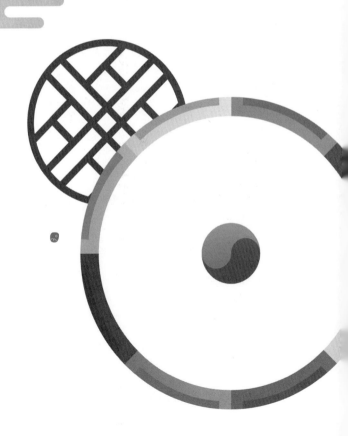

청어

개벽고

이종열 지음

발 행 처 · 도서출판 **청어**
발 행 인 · 이영철
영　　업 · 이동호
홍　　보 · 천성래
기　　획 · 남기환
편　　집 · 방세화
디 자 인 · 이수빈 ∣ 김영은
제작이사 · 공병한
인　　쇄 · 두리터

등　　록 · 1999년 5월 3일
(제321-3210000251001999000063호)

1판 1쇄 발행 · 2021년 12월 10일

주소 · 서울특별시 서초구 남부순환로 364길 8-15 동일빌딩 2층
대표전화 · 02-586-0477
팩시밀리 · 0303-0942-0478

홈페이지 · www.chungeobook.com
E-mail · ppi20@hanmail.net
ISBN · 979-11-5860-557-5(03810)

개벽고

이종열 시집

시작노트

아픔을 알아버린 날들을 기억하며
나뭇잎 한 장에 한 줄의 불망기를 써내려간다.
사람은 가고 지워지지 않는 상처는
강물이 되어 넘실넘실 흐르기 때문이다.
이념 위에 덧씌워진 갈등과 나뭇잎 한 장

개벽고

---

1. 12월에

3. 앉은뱅이의 노래

4. 개벽고

1.

12월에

그대여

들에 핀 민들레처럼
그대가 나를 보고
환하게 웃어줬으면 좋겠어

발길에 밟히고 비바람에 찢겨도
홀씨가 바람을 타고 온 세상에 뿌려져
다시 들녘에 아름답게 피어나 온 세상에 퍼진 희망

사랑스런 그대여
들에 핀 민들레처럼 나도 그대를 보고
환하게 웃을 수 있으면 좋겠어

모질고 질긴 가녀린 생명 하나
땅 속을 헤집고 피어나
건네는 미소가 만들어준 희망

그대의 영혼이 홀씨가 되어 바람을 타고
먼 여행을 떠나는 날이 와도
지금 이대로 사라진다 해도

슬프지 않은 생명으로
미소 짓는
그대였으면 좋겠어

달빛에 매달아 놓은 희망처럼
어느 길목에서 흩날리다 땅 속에 터를 잡고
꿈꾸며 살아가는 생명들

뿌리를 뒤덮은 흙에
촉촉이 내려앉은 이슬이 싹을 틔우는 날에
그대의 미소를 기다리는 끝없는 생명들

그대여 그대여
온 세상에 퍼져있는 생명 하나가
그대를 보고 환하게 미소 지었으면 좋겠어

나그네에게

그에 떠나겠소
바람이 머문 동안만이라도 여기 있지
별이 진다고 달이 떠나간다고
멈춰선 그림자 뒤로하고
어디로 가려 하오
갈 곳이라도 있는 게요

기억을 지우려 마시는
한잔 술이 몰고 온 외로움이
무거운 발걸음을
재촉하는 것 같소

어디로 가려 하오
밥 한끼에 숨 돌리고
술 한잔에 하늘 한번 보기는
어딜 가나 마찬가지 아니겠소

발품을 위안 삼아 떠나는 길
바람이 머무는 곳에 잠시 앉아
물 한 모금으로 허기를 달래며
이야기나 하고 가지

그에 어디로 가시는 게요
태양볕이 뜨거운 벌판을 걸어갈 때
뒤돌아 이마에 맺힌 땀
식히고 가소

12월에

나의 겨울을 그대에게 주려 합니다

푸른 4월을 그대는 보았을 뿐인데
햇살 가득한 7월을 상상합니다

7월이 되면 그대는 모든 것이 풍성한
10월의 맑은 하늘 밑을 상상합니다

10월의 대지 위에서
그대는 하늘을 보며 미소를 짓습니다

모든 것이 떠나가고
황폐함이 세상을 뒤덮은 12월

나는 꽃씨 한 줌 편지봉투에 담아
그대 오는 길목에서 기다립니다

낙화(落花) 1

변하지 않는 것이 어디 있으랴
여린 살결 위로 덧씌워지는 장수비늘은
보이지 않는 내일을 이야기한다

거칠은 피부 속으로 스며드는 땀방울이
뜨거웠던 피를 식혀주는 이유로
세월을 대변한다

가고 또 가고
돌아보면 아무것도 없는 까닭에
변화를 꿈꾸며 하루를 이어간다

기억 속에서 멀어져간 것들은 흔적이라고
꽃잎 떨군 자리에 돋아나는 작은 열매와
땅속 깊숙이 자라나는 뿌리를
생명은 말한다

낙화(落花) 2

떨어진 꽃잎이 바람을 타고
먼 세상 밖으로 떠나가 버렸다
빈 자리엔 아직 덜 자란 열매가
떨어져 나뒹굴고 있었다

흔적을 지워버린 태양과 구름과 달
잎 무성한 나무 위에
열매가 시야를 가득 메운다

잊혀진 건 하나도 없다
마음에서
그만큼의 공간이
생긴 것뿐이지

싸늘한 바람이 불어오면
가지 위에 둥지는
스산한 외로움 속에서
산란을 위한 시간을 갖는다

홀로 남은 것은
내가 바라볼 수 있는 모든 것들과
나를 지탱하게 해주는 일상과
가치를 잃어버린 일력 한 장뿐

버려진 것 또한
하나도 없다
눈에서
멀어진 것뿐이지

미련

꽃잎이 떨어지기 시작했다
매서운 비바람의 끝에
사라져간 것들은 모두가 아름다웠다

땅바닥에 바짝 달라붙어
사는 생명들이 하나둘씩
모습을 보이기 시작했다

언젠가는 발길에 밟힌 모든 것들이 아름다웠다 말하겠지
바위틈에 돋아나는 이끼와 잡초들이
들녘에 피어나는 들꽃이

낯선 사진첩

완전히 사라진 것은 아니었다
그래서 삶은 늘 꿈을 꾸고 살아가는 거라 믿으며
젊음이 간직한 것들은 융기되어
부풀어 오른 땅 위에서 손짓하고 있었다

잃어버린 것들은 사라진 것이 아니라
버려진 것들이라는 걸 깨닫는 순간부터
또 다른 이별을 직감하며 괴로워한다

흐르고 흐르는 인생 속에 마주치는 짧은 인연들
스치듯 지나쳐버린 일상을
덧씌워버린 아픔이 흔적을 남길 즈음

환한 미소를 짓는 나를 거울에 비추어 볼 때
내 안에 또 다른 내가 있음을 느끼며
연명의 기쁨에 미소를 짓는다

나를 버리고 떠나간 것들이
간절한 그리움으로 순간을 지탱하게 할 때
내가 버린 모든 것들은 그저 뿌연 먼지에 깔려
무게에 괴로워하며 하루를 이어간다

길가에서

조금만 더 걸어가려고 해요
엊그제 걸어온 그 길이
마냥 눈에 아른거려서
조금만 더 걸어가려고 해요

오늘은 바람이 몹시도 불어옵니다
거리에는 쓰러진 나무들과
바람에 흩날리는 잎사귀들과
잊혀진 기억의 흔적들

성장을 멈춰 선 생명들과
생명을 다한 것들이 존재를
이어가려고 합니다
나는 오늘도 시를 씁니다

연명이란 건 언제나
애잔한 미련과
까마득한 추억 속으로
나를 가둬 버리고 맙니다

사람들은 형체의 그림자를 밟으며
앞으로 앞으로 걸어만 갑니다
나도 앞서가는 사람들을 따라
길을 걸어가려고 합니다

가을 무렵

아쉬우면 아쉬운 대로
그리우면 그리운 대로
간절함을 묻어두고
말없이 떠나가는 계절

눈에서 멀어져 가는 것들을
머릿속에 그려 넣으며
낯선 달력 위에 놓여진
태양과 달의 크기를 손끝으로 가늠해본다

늦은 밤 산길을 걸으며
바람의 선택에서 제외된
낙엽들이 땅 끝에 매달려
또 다른 선택을 기다린다

외롭지 않은 선택을 위한 몸부림은
끝없는 갈등을 일으키며
모든 것을 두 눈 속에 담아놓고
먼 여행을 준비한다

기다림

나무를 보다가 떨어지는
낙엽을 바라보게 된 것도
기다림 때문이겠지요

밤하늘에 별을 바라보며
지난날을 떠올리는 것도
미련 때문이겠지요

술잔 속으로 쏟아지는 별빛이
기다림의 끝을 이야기 합니다
외로움 때문이겠지요

기다리지 마세요
어차피 찾아올 인연이라면

미련을 갖지 마세요
후회 없는 삶은 없기에

외로워하지 마세요
누군가의 술잔 속에도
별은 쏟아질 테니까요

때 이른 여름날에

청춘은 장미넝쿨 속에 갇힌 채로 시작되었다

때 이른 여름
의식 속에서 갈등하는 젊음이 길을 잃고 방황하고 있을 때
우리의 발가벗은 몸과 마음이 서로를 부둥켜안고 있을 때

눈길이 마주쳐 울려 퍼지는 심장의 고동소리가
울타리 너머 세상에서도 메아리치고 있음을 느꼈다

가시에 찔린 상처가 꽃잎을 붉게 붉게 적시면
젊음은 뜨겁게 뜨겁게 달아 올라
세상을 향해 크게 소리쳐 외쳤다

내일이여! 오늘을 기억 하소서
오늘이여! 어제를 잊지 마소서

의식할 수 없는 미래가 공존을 이야기 할 때
우리는 비로소 하나가 되었음을 느꼈다

때 이른 여름
진화해가는 침묵 앞에서 흐느껴 울고 있을 때
우리의 자유가 갈등의 사슬에 꽁꽁 묶여 있을 때

색깔을 입지 못한 꽃잎이
울타리 너머 세상을 가리고 있었음을 느꼈다

봄바람

사람들이 말하기를
찬바람은 먼 북쪽 하늘에서
불어온다고 했다

모든 것이 꽁꽁 얼어
적막한 새벽에 산을 오르며
가파른 고갯길에서 갈등을 한다

살포시 내린 진눈 위로
각인된 생명의 발자욱
시를 쓰는 이유가 되기에도 충분한 새벽

익숙해진 겨울은
먼 곳에 머무르고 있는 봄을 피해
잰 걸음으로 내달리기 시작했다

바위틈에서 솜털만한 싹이 돋아나기 시작하면서
한 번의 이별과 한 번의 만남을
재촉하기 시작했다

대지가 말을 한다
먼 남쪽 하늘에서 불어온 바람이
어깨너머에 와 있다고

청춘열차

내가 너에게 몸을 맡기고
누군가를 마냥 기다리는 동안
많은 생각을 하고 있었지

너의 손을 잡고
나를 어딘가로 끌어다줄
누군가의 힘을 상상하며

기다림에 지쳐버린
어느 날에는 너의 몸 위에서
내 육신에 피로를 달래고 있을 때

잇새 고운 미소를 드러내며
너의 손을 힘껏 잡아주는
그런 사람을 만났었지

그 사람은 너의 몸에 실린
나를 끌고 어디론가
마구 마구 내달렸지

꽃길을 지나고
자갈밭길을 가로질러
푸른 초원의 대지를 달리며

강과 산과 바다에
가로막혀서 더 이상
달려갈 수 없을 때까지 내달렸지

바퀴가 구르는 동안
피부에 돋아나는 검버섯 마냥
영혼을 감싸고 있는 순결함도
한 점 한 점 얼룩이 지기 시작했지

해동

길고 긴 겨울의 터널을 지나
봄으로 가는 길목
들녘에 돋아나는 여린 싹들
마음을 설레게 하는 것도 잠시
뒤돌아 아쉬움에 마른 눈물을 흘린다

생명이 멈춰
흐느껴 울다 지쳐
메아리도 살지 않는 메마른 계곡
보이는가! 눈물이 말라
욕망의 흔적으로 얼룩진 저 표정을

생명이 산다
어디에 가느다란 물줄기라도
흐르는 곳이 있는가
희망을 꿈꾸기조차 거추장스러운 세상
길들여진 하루가 삶의 전부라는 걸

바람이 말을 한다
기다리면 언젠가 비가 내릴 거라
객토에 듬성듬성 돋아난 잡초처럼
희망이 싹틀 거라
바람이 그리 말을 한다

저녁별

태양의 몰락 속에
하루의 기나긴 여정이 끝나면
차 한 잔의 여유 속에
별들의 이야기를 듣는다

달의 품속에서 부화한 별들이
찻잔 속에서 오늘을 물어온다
길고 긴 하루와 기다림의 시간
선택할 수 없는 일상

외로움에 지친 이들은 별을 보며
외로움을 달래고
삶에 지친 이들은 별을 보며
내일을 꿈꾼다

편지 쓰기 좋은 날

바람이 훈풍의 시간을 맞는다
편지를 쓰기에는 더없이 좋은 날이다
귓가에 들려오는 잎사귀의 나부낌이
영혼을 깨운다

겨울이 가고 봄이 왔다
깊은 잠에서 깨어난 생명 속에
영혼이 둥지를 틀고 세상에
존재를 알린다

살아있다는 건 바람에 감사할 일이다
기다림과 이별
바람이 휩쓸고 간 상처 위에 뿌려진 씨앗이
내일을 이야기한다

편지를 쓰기로 했다
잊혀진 기억과 버려진 지금을
바람이 휩쓸고 간 텅 빈 세상을 보며
열매 가득한 나무에게

역류

어차피 모든 건 갈등에서부터 시작되었다
꽃들이 성장과 멈춤을 반복하다
떨어지는 것처럼
붉은 노을이 검은 어둠에 밀려
내일을 기약하고 떠나기 시작했다

바람에 몸을 기대고
기생하는 모든 것들은
시간이 삼켜 버린 기억으로 인해
또다시 되풀이되는 일상의 꿈속에
나를 가두고 살아가고 있었다

바람이 시계추에 매달려 갈등하는 동안
해와 달은 뒤바뀌어 돌고
흐르다 고이기를 반복하던 강물이 역류하여
살아있는 것들에게
존재의 이유를 알린다

모든 걸 떠나보내고 홀로 남아 있음을 느낄 때
가슴에 묻어두고 살아가야 할 것들을
눈동자에 새겨 넣고
내일을 잃어버린 풀벌레처럼
눈을 감고 살아가야 한다

달이 말한다

달이 말한다

힘들게 살지 말라고
조금의 여유를 가지고 살라고
달이 태양을 삼켜버린 것이라고

달은 한 잔의 술과 순간의
여유를 선사하며
외롭지 않은 일상을 이야기한다

2.

종생기

소견(消絹)

본시부터 없던 건 아니었다
비에 젖고 태양볕에 말라
형태가 바뀌는 동안
삶의 의식 속에서
조금씩 조금씩 멀어져 갔을 뿐

진화하지 않은 새벽
꿈꾸지 않으면 보이지 않는 모든 것들
시작을 알리는 태양의 울림이
나를 일상의 터널 속으로 밀어 넣으며
진화를 멈추게 한다

만들어지지 않은 울타리 속에서
추억을 갉아 먹는 누에가 되어
변명의 실타래를 어깨춤에
길게 늘어트리고 길을 걸어간다
하루를 살아간다

돌아서면 밝히는 수많은 사연들
한 조각 한 조각 모으고 모아
씨줄 연줄 길게 늘어진 인연으로
누덕누덕 기워 만든 긴 소매 외투를 입고
한 세상 그렇게 그렇게 살아간다

갈까마귀 1

부러진 날개를 하고 어디로 날아가는가

너의 날개가 끝없이 펄럭이며
미지의 땅을 찾아 헤매는 동안
물 위에서 꿈을 좇는 이들은
너를 찾고 있었다

끝없이 넓은 바다 위에서
태양 볕에 목말라 물 한 방울의 괴로움에
생과 사의 기로에 선 이들은
너의 날갯짓을 찾고 있다

네가 찾아간 곳이 무인도라면
환호 뒤에 찾아오는 신음소리에
너는 날개를 접고 울음을 그치고
어디로 갈 것인가

하늘로 날아가거든 다시는 오지 말아라

바다 위에서 표류하는 이들이
만들어낸 뜨거운 태양의 목마름이

너의 날갯짓 한 번 울음소리 하나에
변하고 있었다

깃털보다 가벼운 희망을
너의 몸에 실어 보낸 이들이 갈등하는 동안
의식을 잃어버린 생사의 날갯짓은
또 다시 찾아올 종속일 뿐

예감의 새여 저 높은 하늘로 날아가라
어설픈 지배에 무릎꿇어 버린 종속이 가져다준
새장 속의 자유와 사육
너를 옭아맨 속박의 시간들 속에서 벗어나라

훨 훨 훨 저 멀리 날아가거라

그리하여 네가 머문 그곳이
희망이라 믿는 이들에게
사육된 자유와 길들여진 희망과
막연함을 떨쳐버린 두려움을 느끼게 하거라

갈까마귀 2

좌표를 잃어버린 조각배는
끝없이 펼쳐진 바다 위에서
파도에 휩쓸려 이리저리 출렁거린다

어부는 갓 잡은 물고기를
안주 삼아 술을 마시며
먼 하늘을 바라본다

오늘은 어떤 단어도
어떤 비명소리도 떠오르지 않아
시를 쓰지 않았다

어부는 새장 속에 갇혀 있는
갈까마귀를 하늘로 날려 보내며
이방의 세계를 갈망한다

갈까마귀는 의식의 날갯짓 속에
귀환을 목표로
먼 하늘을 향해 날아간다

비를 기다리며

마른 낙엽이 강을 타고
먼 세상 여행을 하는 날에는

강물이 메마른 잎사귀에 생명을 주고
바람은 잎사귀에 희망을 준다

오랜 침묵 끝에 말라버린 강이
생명의 촉촉함을 모두 앗아가 버린 날에는

살아있는 것들 모두가 긴 호흡의 고통 속에
마지막 작별인사를 준비한다

메마른 세상에 불어오는 바람에
더 큰 고통으로 다가오는 목마름

비를 기다립니다
갈라진 강바닥에 뿌려질 물 한 방울

넘실대며 흐르는 강물 위로
두둥실 떠가는 나뭇잎 하나

종생기(終生記) 1

어차피 생존의 문제였다

욕심 없이 살아가는 이가 어디 있으랴
밥 한 톨과 눈물
그리고 오랜 침묵
아파도 배고픔을 느끼는 건
살아 숨 쉬는 자의 몫이었다

태양볕에 눈꽃이 녹아
사라지는 것을 보며
가치를 이겨버린 욕심이
또 다른 희생을 강요하고 있음에 흐느끼며
환한 웃음을 짓는다

하루를 천년처럼 살아갈 수 없는 까닭이다

아픔 없이 살아가는 이가 어디 있으랴
눈물 한 방울 미련 한 조각
발길에 부딪히는
모든 것들이 남겨준 상처가
흔적을 남기기 때문이다

만남은 예견된 이별 속에서
어찌할 수 없는 흥분으로
내 안 깊은 곳에 자리 잡고
선택의 순간이 만들어낸
반복되는 이별이 작은 흔적을 남긴다

천년을 산 것처럼 하루를 살아야 하는 까닭이다

종생기(終生記) 2

차가운 서리에
베어져나간 꽃잎이
세월을 이야기 할 때

생명은 만남을 준비하며
한 방울의 땀과 물 한 모금의 여유와
따뜻한 온기를 발산한다

살아있는 것들은
만남과 이별 속에서 살을 찌우고
또 다른 생명을 잉태한다

기다림은 생명의 연장선상에서
고뇌하는 이유와
변명의 끝을 이야기 한다

새가 날아간다
어두운 곳에서 달빛 속으로

달과 함께

별들이 머물러 있을 때까지만
함께 있자고 했다
너는 나에게 그렇게 말을 건네며
내 눈길과 마주하기를
너는 나에게 반복적인 일상을 이야기하지만
나는 너를 보며
한 편의 시와 영화와 추억을 떠올리며
내일을 상상한다
서로 마주하고 있음에
의식의 등불은 꺼진 채로

사람이 산다

나무는 바람의 힘을 빌어
꽃을 버리고 열매를 선택했다
나무가 말하기를
선택의 순간 찾아오는 변화를
받아들였을 뿐이라고

계절의 힘을 빌어
여린 들풀 위로 자라난 넝쿨장미
대지가 말하기를
선택의 순간을 잃어버린 까닭에
가시에 찔린 상처 위에 핏빛 장미를 피웠노라고

사람이 산다
흔하디흔한 인연줄
발아래 늘어놓고 홀로 산다
발끝에 매달린 인연이
아픔을 가져다준 때문이라 말하며

뒷동산에 흐드러지게 피어있는
아카시아 오솔길을
먼발치에서 바라보며 발길을 돌린다
사람이 산다
내가 산다 그리고 네가 산다
발길에 부딪히는 모든 살아있는 것들이 산다

섭생의 하루

공복의 새벽
서리에 젖은 날개를 툭툭 털고
부화하지 못하는 알을 쪼아먹으며
섭생의 하루를 시작한다

어젯밤에 불어온 모진 바람이
모든 걸 휩쓸고 떠나간 자리에
또 다시 돋아나는 이끼가
기나긴 하루를 예견한다

시인으로 태어난 것이 슬픈 이유다

기억의 사슬을 끊고
하루를 살아가는 이유가 내일이기에
힘든 날갯짓을 하며
순간을 외면한다

깃털같이 가벼운 날들
짓누르는 아픔이
내일을 간절히 기다리는 이유인 까닭에
두 눈 질끈 감고 환한 미소를 짓는다

시인으로 살아간다는 것이 기쁜 이유다

어제 걷던 그 길가에서

어제는 바람이 불어와
그대를 만나기 위해 그 길을 걸었습니다
해와 달이 꼬리에 꼬리를 물어
수없이 많은 날들을 기다려

마른 꽃과 마른 잎사귀 하나
편지봉투에 담아
지나간 사연들을 그대에게
전하려 그 길을 걸었습니다

오솔길 벤치에 앉아
마른 낙엽을 한 장 두 장 포개 엎으며
표현할 수 없는 것들을 가슴에 담고
하늘을 쳐다봅니다

그대는 기억하십니까
쓸쓸한 날에 바람을 타고 들려오는
어떤 이의 먼 발자국 소리에
귀 기울이며 환하게 미소 짓던 그때를

오늘도 바람이 불어와
어제 걷던 그 길을 걸어갑니다
이슬에 적신 마른 잎사귀 한 장 손에 들고
그 벤치를 찾아

페스트

꿈꾸지 않고 찾아오는
아침은 그냥 버려두고
하루를 그냥 살아가면 될 일이다

바람이 불면 부는 대로
떨어진 낙엽이든 꽃이든
밟고 그냥 걸어가면 될 일이다

세상이 꽁꽁 얼어붙어
모두가 잠든 날이 오면
문 꼭 걸어 잠그고 잠을 청하면 될 일이다

문 밖 쓰레기통에 버린 썩은 음식에
피어난 곰팡이 꽃이
하루의 시작을 알린다

아침의 문을 열고
모든 시선을 고정시켜 놓고
알몸으로 길을 나선다

발걸음을 옮길 때마다
묻어나는 티끌은
상처로 변해 육체를 감싼다

상처를 숨기려 걸쳐 입는 옷들이
한 겹 두 겹 쌓이는 무게만큼
육신을 조여 오는 하루

주인 없는 묘비

더러는 버려진 것들이 살고
더러는 죽어가는 것들이 사는 이유가
이별보다 긴 만남을 간직하고
눈물을 가슴에 담고 살아가기 때문이다

편지를 쓴다
이름 석 자 뒤에 물음표 하나 덧붙여서
어느 하늘 밑 산언저리에
뿌려진 간절한 그리움

겨울을 벗어난 둥지처럼
떠나간 새를 기다리는 마음이
기억을 가슴에 묻어놓고 살아가는 까닭에
오늘도 공허한 메아리가 바람에 날린다

바람 한 점의 크기에
괴로워하는 것은
남아있는 자의 아쉬움으로
떠나는 이들은 모든 걸 잊고 간다

비바람에 쓰러지고
쓸려내려 간 자리 위에 돋아나는 풀잎은
또 다른 이의 모습으로
한 생을 살아가는 멍에인 까닭이다

이보게 친구

이보게 친구
땅바닥에 금 쫙 긋고

자네와 내가
달리기를 한다고 치세

누가 먼저 결승선에 테이프 끊을 지는
뻔히 보이네

결승선에 먼저 도착했다고
승부가 끝나는 일이던가

승부는 이제부터라네
자네가 나보다 아픔을 늦게 배운 것뿐이라네

이보게 친구
행복을 느끼며 살아간 게
며칠이나 된다보는가

꽃잎이 피면 열매가 맺히고
열매가 맺히면 잎이 떨어지는 날을
안타까워해야 하니 말일세

3.

앉은뱅이의 노래

눈 먼 화가 친구

노래를 못 부른다고 부르지 않을
이유가 어디 있겠소

소리를 막고 입만 뻥긋뻥긋 대는
사람이 세상에 나하나 뿐이겠소

들리지 않으니
노래를 부르지 않는 까닭에

길을 걸어가다 듣는 소리라곤
낮은 목소리로 외쳐대는 기도뿐이라오

그대는 아시는가
바람은 소리를 일으키는 경적이라는 걸

앞이 보이지 않는다고
그림을 그리지 않겠다던 화가 친구가 있었지

태양을 그리지 않아
달을 볼 수가 없다 했었지

달이 보이지 않아
태양도 볼 수가 없다 했었지

이별하지 않는 건
보이지 않는 까닭이라네

서로가 서로의 등을 보고
떼굴떼굴 굴러가는 삶이라는 걸

우리는 모르고 있었지만
눈 먼 화가 친구는 알고 있었다네

살아있다는 건

남은 건 하나도 없다
나무 그늘 아래 세상에서 뛰놀던 아이가 사라지고
세상은 앉은 자리에서
아이를 애타게 기다리고 있었다
나무가 조금의 형체를 바꿨을 뿐인데
꿈마저 변해버리고 말았다

울타리 속에서 아이는
발길에 부딪히는 돌멩이처럼
흔한 만남이 가져다준
이별이 남기고 간 상처라고 애써 자위하며
세월이라는 문패를 달고
누군가의 손길을 기다린다

변화를 거부하는 어떤 순간
거저 살아도 되는 날들로 생각이 들 때
눈꽃이 나무 위에서 사라진 한참 뒤에
꽃잎이 바람에 날려 존재를 알리며 떠나갔다
내일을 기약하며 떠나가는 것들은
미련의 흔적조차 남기질 않았다

살아있다는 건
흔적 속에 기억을 덮고
그 위에 다시 흔적의 탑을 쌓으며
무거운 짐을 온몸으로 짊어지고
홀로 먼 길을 떠나는 이들을 바라보다
한 칸의 여백을 남기기 때문이다

앉은뱅이의 노래

떠나간 친구를 생각하며
마시는 한 잔의 술과
술잔 속에 비춰진 달의 추억과 별의 노래
청춘의 변곡점이었음을
오랜 세월이 흐른 뒤에 알았다

앉은 상태에서 더디게
발걸음을 옮기며
마음의 소리와
거친 숨소리를 함께 잠재우며
나의 의식과 삶의 방식을 바꿔버렸다

들녘에 화려한 꽃들과
살아있는 모든 것들이
조금씩 변해가고 있음에 안도하며
앉은 자세로 작대기 하나를 들고
먼 하늘을 그리고 있었다

손에 작대기를 들고 있는 순간부터
나는 태양볕이 와 닿는 길이를
손끝으로 재어보고
몸을 일으키지 않았다
땅에 박혀있는 돌멩이처럼

슬픔을 모르는 너에게

길을 걷다가 불현듯 떠오르는
얼굴이 너였으면 좋겠어
말을 하다가 무심코 던진 한마디가
너의 이름이었으면 좋겠어

오늘도 너를 생각하며
가지런히 뻗어있는 아카시아 길을 걷는다
향기 가득한 날
푸른 오월의 향기를 맡으면서

계절을 재촉하는 비가 두 볼을 적실 때에
막연한 기다림에 가슴이 설레게 했음을
오랜 세월이 흐른 지금에서야 알게 되었다
열매를 맺지 못하는 꽃이 향기로웠다는 것을

흐느끼며 하늘을 보던 어느 날엔
내게 미소를 건네며 사라진 너를
오래된 사진첩에서 들여다보며
살며시 눈을 감고 그때를 떠올려본다

아카시아 향기 그윽한 어느 날
기억 속에서 들려오는 너의 노래
새 울음소리 풀벌레 울음소리
들녘을 가로지르며 졸졸 흐르는 냇물소리

외마디 탄식의 비명을 지른다
너에게 배운 미소를 지어보이며
내가 너에게 가르쳐주지 못한
눈물 한 방울의 미련과 술 한 잔의 위안

지금 이 순간 지우고 살아왔던
모든 기억들을 하나하나 떠올리며
슬픔을 모르는 너와 걷던 오솔길을 걸어간다
한발 또 한발 걸어간다

그림으로 꿈꾸는 세상

하얀 도화지에 집을 그리고
그 속에 나를 그려넣습니다
몸 뉠 땅 한 평 없는 거지라지만
그림 속에 나는
대청마루 넓은 기와집에서 잠을 잡니다

마당에 가득한 채소들 사이로
좁다란 돌단길
싸리담장 사이 사이
주렁주럼 매달린 여린 호박
그림을 그립니다

어제 밤에는 하늘에서
하얀 눈이 펑펑 내렸습니다
그림 속에 눈사람 마을은
오래 오래 자리를 지키고 있어
언제나 나를 기쁘게 해줍니다

언제나 그랬듯이
꿈을 꾸는 날에는 도화지를 삽니다
움푹 패인 웅덩이에
터를 잡고 살아가는 개구리처럼
하얀 도화지에 집을 그립니다

느티고개

저 고개를 넘어 가시렵니까
시린 어둠이 발길을 막는데
그예 떠나면 어디로 가시려고

울 엄니 날 낳으려고
얼래빗으로 머리 다듬고
새악시 분장하고
아버지를 맞으셨나

울 아버지 엄니 품고
무슨 생각 하셨을꼬
멧방석 위에 맷돌은
울 할매의 인생인데

갈매기 노래

길 잃은 갈매기 어둠을 헤치고
홀로 하늘을 날아간다

은빛 날갯짓 사이로 반짝이는
먼 바다 한가운데 등대

존재를 알리며
연명을 위한 힘없는 날갯짓은

하루를 살다 떠나가는 별 마냥
외롭게 외롭게 외롭게

꺅 꺅 꺅 둥지를 찾아 헤매는
어린 갈매기는

오늘도 내일도
둥근 시간판 위에서 날개를 펄럭인다

견성(見聲)

길을 걸으며 마주치는
사람들의 표정을 읽으려하는 이유는
들리지 않는 것을 눈으로
확인하고 싶은 까닭이다

들리지 않는 것들을 그려가며
살아가는 간절한 이유가
보이지 않는 내일을
소리로 들으려하기 때문이다

애써 잊으려 하지 않아도
언젠가는 잊혀질 모든 것들은
매순간 나를 옥죄며
갈등을 이야기 한다

도박중독자의 하루

생과 사
꿈과 현실
인생사 하나겠지요

한 순간
웃기도 울기도 하겠지요

보이지 않는 결론을 정하고
꿈을 꾸어봅니다

바람같이 구름같이 떠도는
나그네 인생

살얼음 위에 끝없는 세상
넓고 크게 멍석 깔아놓고

노랫가락에 맞춰
한바탕 신명나게 춤을 추다
떠나는 인생

버나의 시간

짊어지고 갈 짐 하나 없는 인생
바람 따라 구름 따라
회초리 하나 접시 하나
살판들이 춤추는 세상 한 때 어울려 신명나게 놀다
이리저리 떠돌고 돌다보면
다시 고향 처마 밑

입 하나 덜자고 겉보리 섯대에
팔려온 구차한 목숨
넓게 넓게 깔린 멍석 위 세상 걸팡지게 놀다
멈춰서면 아무것도 없는
바람 같은 인생

돌고 돌고 돌고
질그릇에 몸을 싣고
바람 따라 한 세상 유람하다
두둥실 떠있는 구름 위에서
다음 생 기원도 해보고
한 세상 그렇게 그렇게 떠나는 세월

변주곡

잊혀져 가는 것들을
그림으로 그리고
그림으로 그릴 수 없는 것들은
가슴에 담고
하루를 살아가야지

시가 되지 않는 날에
조금은 후지고 덜 외로운
골목길 모퉁이 담벼락에
익숙한 낙서를 쓰며
먼 과거로 여행을 떠나야지

바람은 나무에 옷을 입히고
세월은 바람의 방향을 선택하며
종속을 강요한다

형틀에 갇혀
어떤 이의 울타리 속에 갇힌 채로
꾸었던 꿈은 부서지는 파도처럼
허공에 흩어져 또 다른
추억을 품에 안고 살아간다

첫사랑

잎사귀 위에 돋아나는 이슬처럼
아스라이 멀어지는 젊음의 향기
봄은 그렇게 아쉬움을 남기고 떠나갔다

이별을 몰고 온 태양처럼
바람이 휩쓸고 간 아픔은
손가락 마디만큼의 성장을 이야기 한다

아직은 오지 않은 내일로 인해
또 한 번의 두려움을 배우며
세상과 타협하는 것을 배운다

살아간다는 건
종속되지 않는 슬픔과
우연이 덧씌워진 희망이다

가슴 속에 묻어둔 아픔이
스치듯 떠오르는 건
순간을 잃어버린 까닭이다

태양볕에 살짝 그을린 은행잎 한 장
책갈피에 끼워 너에게 보낸
시집 한 권

이른 새벽에

살아 숨 쉬는 모든 것들이 갈등하는 건
나를 감싸고 있는
모든 것들이 변하기 때문이다

모진 비바람에 쓰러진
나무를 보며
나는 또 한 번의 아픔을 느껴야 했다

가사 끝에 매달린 실밥을
길게 늘어뜨리고
깊은 산을 오르는 수도승처럼

뿌리를 감싸고 있는 흙이
하나의 갈등과 한 번의 이별을
가슴에 담고 살아있는 이들에게 아픔을 준다

바람이 불지 않는 이른 새벽
산을 오르며 달빛의 흘리고 간 이슬을 밟고
이별 없는 하루를 꿈꾼다

초제(初嚆)의 아침

아침이 몰고 온 허기짐에
둥지를 떠난 아기새는
이슬에 젖은 날개를 펄럭이며
배고픔의 끝을 찾기 위해
힘껏 높이 날아올라
먼 세상을 바라본다

길고 긴 하루
드넓은 하늘
검은 막 속에서 느껴보지 못한
공복의 날갯짓은
새로운 장벽을 쌓고
나를 가둬 버린다

출근길

햇살 한 줌의 무게와
아침 한 뼘의 태양볕이
너에게 연명의 이유를
만들어 주거든
가슴에 품었던 미련만큼
눈물을 흘리거라

파안(破顔)의 나날들

겨울을 이겨내라고 떠올린
때 이른 여름날의 추억

슬픔의 끝에서 떠올리는
소리 내어 크게 웃었던 날들

소중했던 시절이 날개 위에서 한편의 시가 되어
푸른 하늘을 훨훨 날고 있었다

푸르른 날들이여!
슬퍼하지 말아라

지워졌던 기억이 옷깃을 잡는 날
편한 웃음으로 그날을 기억하라

회상

언제쯤이었을까
흰 눈 위에 남긴 까치 발자국이
꽃으로 다시 피어나던 때가

살아있는 것들은 살아있는 대로
죽은 것은 죽은 대로 진화의 순간을 기다리지만
그저 어제고 오늘이고 내일일 뿐

낡은 괘종시계는 오늘도 멈춰서있다
휑하니 버려진 들에 조금의 변화라고는
모두가 떠나가는 것이 전부였다

어린 풀들은 메말라 땅속에 박힌 채
성장을 멈추었고
바람은 정체된 공간에서 회오리만 일으킨다

세상 밖으로 떠난 새들은
그들이 그어놓은 경계선에서
넘어오질 않는다

언제부터였을까
살아있는 것들과 죽은 것들이
한때 뒤엉켜 신음하던 때가

폐허

엊그제 부화한 새가
계절이 몰고 온 바람에 밀려
나무 위 둥지를 버리고
끝 모를 곳으로 떠나야만 한다

부화한 껍데기와
허공을 맴도는 깃털 몇 개
생명이 떠나간 그 자리에
뿌려진 하얀 서리

찬바람이 몰고 온
굶주림이 잠식한 희망
연명을 위한 먼 여행이 만들어준
이방의 날갯짓

희망을 잃어버린 탓에
아무도 오지 않아서
또 다른 흔적을 거부하며
허물어져 간다

횡단보도 앞에서

횡단보도에서 서로가 서로를
마주 보고 서서 기다리다 때가 되면
스치는 수많은 인연들

우두커니 서서 빠르게 달려가는
차들 사이로 표정을 바라보며
하루를 이야기 합니다

도로를 마주하고 서있는 사람들
그대는 과거에 살고 나는 오늘을 살고
나는 어제를 살았고 그대는 내일을 살고

하루를 재촉하는 차들을 사이에 두고
멈춰선 시간을 가로막은 거울 속에서
그대와 나는 하루의 여정을 들여다봅니다

끝없이 길게 뻗은 길 위에서
앞만 보고 달려가는 차들의 엇갈린 행로는
또 다른 변화를 예견합니다

잡초에게

너에게 주고 싶은 건
바람과 이슬
길을 걸어가며
네가 자라지 않는 곳을 찾아
발걸음을 옮기며
너를 느끼고 싶다

내가 너를 간절히 원하는 까닭은
눈길에 밟히고
발길에 밟히고
손길에 뿌리째 뽑혀도
내가 뱉는 침 한 모금이
너에게 생명을 불어넣기 때문이다

가뭄에 단비가 내린다
그 동안 목말라했던 너에게
연명의 기쁨을 배우며
너의 길을 걷고 싶다
너에게 받고 싶은 건
환한 웃음과 눈물 한 방울

노숙자

희망은 바람을 타고 온다
목적하지 않아도
불어오는 바람은
지친 이들에게 한 줄기 빛과
한 줌의 소금을 선사한다

박스 하나 바닥에 깔고
신문 한 장 이불삼아
하루를 연명하다
낯설은 이들과
어색하지 않은 대화

선택한 자유와
선택하지 않은 가난을
양손에 올려놓고 저울질하며
하루의 해가 저울기를 기다린다
노을을 벗 삼아 기지개를 켠다

넋두리

시간을 잃어버린 달팽이처럼
오늘 하루도
그렇게 그렇게 넘기는 까닭은
어제가 그리워서겠지요

그리우면 그리운 대로
가슴에 묻어두고
티끌만한 미련일랑
내일이라는 목마에 태워놓고

한 줄 한 줄 써내려가는 순간이
신화가 되어
또 다른 목적의
삶의 이유를 만들어 줍니다

버려진 건 버려진대로
잊혀진 건 잊혀진대로
가슴깊이 간직한 사연들은
차곡차곡 쌓여가면서

쓸모없는 상상들이 모이고
모여서 만들어진 하루
바람결에 나부끼는 나뭇잎 마냥
그렇게 살아가는 하루

4.

개벽고

개벽고

깊고 깊은 어둠 속에서
새벽빛을 기다리는 날들

물 한 모금의 갈증과 괴로움에
흐느껴 울다 잠들면

어느새 세상은 밝아있고
서로 다른 느낌으로 새날을 맞이하는 생명들

나는 아직 새벽에 떠오르는 태양을 본 적이 없어
빛의 크기를 빛의 밝기를 알지 못한다

이방의 새벽에서 밀려난
노동의 하루

길들여지다 버려진 시간들을
물 한 모금으로 위로하며

하루하루 연명의 시간 속에서
내일을 잃어버린 청춘들에서

하나의 태양은 수많은 이들의 잠 속에서
살아 숨 쉬고 있을 뿐

깊고 깊은 어둠의 터널 끝에서 밝아오는
태양의 그림자가 빛을 가로막아

깜깜한 세상은 언제 밝아올지 몰라
여명을 기다리는 막연한 시간들

둥둥둥 둥둥둥 둥둥둥 북을 울리자
그들만의 세상에 울려 퍼지게

둥둥둥 둥둥둥 둥둥둥 북을 울리자
우리도 그들처럼 밝은 태양 아래서 더덩실 어깨춤 추며

하늘에 매달아 놓은 북이여
하늘이 열리는 소리를

짙은 어둠이 걷히고
맑은 하늘 밝은 세상 그런 날들을 위해

객토(客土)

바위틈에 돋아나는 이끼가
추운 겨울이 저만큼 멀어져가고 있음을 느끼며
내가 해야 할 일을 찾기 시작했다

온 세상이 꽁꽁 얼어붙은 날에
바위틈에서 돋아난 생명이
옅은 미소 끝에 긴 한숨을 짓게 한다

생명이 뿌려진 세상에 움트는 싹들은
순간순간 아픔을 잊고 기억을 잊고
기다림을 배운다

나의 시가 내 노래가 넋두리가 되어서
부질없는 세상의 먼지가 되어
티끌 한 점 남길 수 없는 때

숟가락 한 개 깊게 잡고 땅을 일궈야지
땅 속에 벌레가 기지개를 켜며 나오고
쓸모없는 생명이 잉태하는 날

티끌보다 작은 생명이 크게 울어
세상이 떠들썩한 기쁨을 위해
깊게 잡은 숟가락으로 열심히 흙을 퍼날라야지

강이여 통곡하거라

끊어진 강둑 위에서
먼 세상을 바라본다
아이가 아비가 되는 동안
부서진 다리는 강물결에 휩쓸려
형체마저 사라지고 말았다

흔히들 말하기를
이념으로 흐르는 강이라
세월이 흐르면 흐를수록 물살은 빨라서
다리가 없으면 건널 수 없을 거라 했다

아이가 아비가 되는 날들 속에서
갈등하고 아파하는 건
도도하게 흐르는 강물과
거기에 기생하는 생명들 뿐
머릿속엔 혼미한 추억으로 남았을 뿐이다

우리들의 아픔은 서서히 사라져 가면서
그 자리에 경계를 긋고 울타리를 쌓았다
등 돌려 안도의 숨을 쉬면서
아픈 건 마음이 아니라
가치를 매겨버린 머리가 아픈 것이었다

이념으로 흐르는 강물이라 했다
맑은 물이 결을 이루며 흐르는 위로
욕심이 덧씌워진 까닭에
아이의 꿈은 죽었고
아비의 추억은 병들어 버렸다

강을 거슬러 올라
산맥꼭대기 어느 언저리에서부터
졸졸졸 흐르는 옹달샘
모두가 옹기종기 모여
목을 축이고 생명을 이어가는 젖줄인데

강이여
울지 않는 강이여
갈등하는 시간만큼 넓어지고
외면한 시간만큼 깊어진 수심은
어찌하란 말인가

내가 울고 아이가 울고 아비가 울고
멈추지 않는 통곡소리가
한없이 넓게 퍼져
저 세상 끝에서 소리를 듣고

함께 목 놓아 울을 때까지

강이여 통곡하거라
통곡하거라 강이여

진화

설레는 건 바람이었다
낙엽이 바람에 실려
먼 여행을 떠나면서
변화를 모색한다

삶이 막연함에 사육당하고 있을 때
불어오는 찬바람은
하나의 아픔과 하나의 기쁨과
하나의 내일을 이야기 하고 있었다

상식의 새는
새장 속으로 날아온 낙엽에
무의식적으로 날개를 펄럭이다
산란의 시간을 갖는다

바람이 불어온다
숨결이 일으키는 모든 것들이
한때 뒤엉켜 침묵하며
바람 끝에 매달려 변화를 모색한다

불망기(不忘記)

어디 비 한 방울 뿌려지지 않는 땅에
잡초가 자란다더냐

희망을 잃지 않으려
간절함을 바람 끝에 매달고 사는 이들이

바람이 불지 않는 날엔 비를 기원하며
하루를 연명하다 이내 잠을 청하던 때

짙은 어둠 속에서 태양이 외눈 부릅뜨고
세상을 환히 비추는 날

발자국 위에 다시 돋아나는 푸른 생명들이
온 세상을 가득 메우는 날

어깨 죽지 위에 돋아난 장수비늘에
새살로 덮어지는 날

그런 날들을 꿈꾸며
입에서 입으로 전하는 내일

땀 한 방울 눈물 한 방울 피 한 방울
하늘에 구름이 되어

빗줄기가 온 세상에 촉촉이 뿌려지는
아 내일이여

내일이여
오 내일이여 어서 오너라

어디 비 한 방울 뿌려지지 않는 땅에
생명이 자란다더냐

선택

떠나가야 할 것들이 살아남기 위해
마지막 몸부림을 칠 때
구름은 바람과 태양을 사이에 두고
짧은 갈등을 한다

떠나는 이들은 자유를 느끼고
남아있는 이들은 이별을 느끼며
먼 하늘을 바라보며 내쉬는 긴 한숨
아픔을 안고 사는 이유이다

슬프지 아니한가
선택을 위한 하루를 산다는 게
치유를 위한 선택은 또 다른 갈등의
구실을 만들어 상처를 덧씌우기 때문이다

품속에서 긴 잠을 자던 인연들과
스치듯 다가올 수많은 사연들
갈등하는 모든 순간이
너를 잊기 위해서였음을 느낄 때

가지 위에 매달린 잎사귀 하나가
발걸음을 멈추게 하던 때가
이리도 간절한 것은
스치고 지나가버린 아쉬움 때문이다

해 뜨는 집

한때의 금지곡을 들으며
너에게 오늘을 이야기 한다

한철을 살았는데 세월을 산 것처럼
주저리 주저리
연꼬리에 이야기를 매달아
먼 하늘 위로 날려 보낸다

너의 어깨에 돋아난 상처가
비늘로 변할 무렵 가져다 준
가려움과 막연함이
갈등하던 시절의 이야기들

해 뜨는 집
뒷골목 지하 음악다방 스피커에서 울려 퍼지던 때
한 뼘 크기의 햇살이 들어오는 공간 속에
잘 개어진 수의 한 벌과 마지막 기도

지금은 흔한 이름으로
잊혀진 시절의 이야기가 되어
어딜 가도 볼 수 있는 간판 속 상호로
사람들의 발길을 붙잡는다

유원지 넓은 주차장 한복판 확성기에서
흘러나오는 한 소절의 가사
발목에 쇠공을 달고
뉴올리언즈행 기차를 타는 청년

커피 한 잔에 음악을 들으며
과거를 걸어간다
바람을 타고 들려오는
지난날의 함성소리를 따라

가리왕산에서

오래전부터
저 산을 지탱하던 바위가 사라졌다
그 자리에 도로가 생기고
한 귀퉁이에 기념품 가게가 지어졌다

사람들은 달리는 차 안에서
산을 이야기 하면서
가게에 진열된 제품들의 사연을
하나하나 이야기하기 시작했다

입에서 입으로 전해진 신화가
언젠가는 끊길 거라 아쉬워하며
원망을 쏟아내기 시작했다
욕심의 끝자락에 올라탄 채로

잃어버린 것이 아니었다
책상 위에 겹겹이 쌓인 먼지처럼
툭툭 털고 박박 닦아가며
그 흔적조차 지웠던 것이다

버리고 잊혀진 하나가
다시 돌아올 거라는 믿음 끝에 매겨진 가치가
또 다시 산산이 부셔져
허공에 흩어져 바람에 날린다

버스 안에서

버스 안에서
어제 보았던 별이
지금 바라보는 별이라 믿으며
어제 꾸었던 꿈을 다시 꿉니다

길고 긴 하루 일과를 마치고
집에 가는 길은
넉넉한 의자와 탁 트인 시선
종점에서 종점으로 달려갑니다

한 시간 남짓한 거리를
값비싼 차를 타고 가면서
중간 중간 차에 올라타는 사람들의
표정을 보는 것도 하루를 미소 짓게 합니다

버스 손잡이를 붙잡고 서있는
사람들을 보며 하루를 읽어봅니다
아마 저 사람들도
나를 보며 하루를 읽어가겠지요

인탄(躪呑)

섣부른 판단 끝에 버려진 것들이
간절한 아쉬움으로 다가오는 날에
빙점 끝에 매달린 얼음처럼
세상도 그렇게 점점 사라져 가고 있었다

흔히들 말하는 모든 일들이
갈등 끝에 조용히 사라져 갈 때
서서히 살아나는 침묵의 절규는
누구도 이야기 하지 않았다

청춘이 성장통에 몸부림칠 때
눈앞에 보이는 모든 것들은
뒤돌아 벽을 바라보고 있었다
영혼을 잃어버린 생명처럼

가치를 매겨버린 세월 속에서
생명이란 그저 꺼져가는 불씨마냥
안타까울 뿐이었다
날선 작두 위에 올라선 무당처럼

상실의 시대

치유할 수 없는 아픔이
외마디 외침을 몰고 올 거라는 걸
우리는 알고 있었다
꽃이라는 이름을 가슴에 새기고 살아가던 때에
뜨거운 피가 솟구쳐 오르는 순간
초침을 잃어버린 괘종시계는
걸음을 멈춘 채 침묵하고 있었다

무언가를 길에 뿌려놓고
세상을 살아가기 때문이겠지
팍팍한 삶이 무언가 변명을 늘어놓은 거라 생각하며
하루를 돌고 또 하루를 돌고
물레방아로 떨어지는 물이 마를 때까지 돌고
돌고 돌고 또 돌고
삶은 삐걱거리며 회전하고 있었다

젊음은 그렇게 그렇게
반복된 일상을 채집하며 살아가는 거라고
이방의 세월을 살다보면
세상 어느 귀퉁이에 터를 잡고 살아가게 되는 거라고

지금 막 부화한 여름살이 풀벌레들이
둥지를 튼다

선거

의미 없이 던지는 한 표
너에겐 절망이 되고
뜻 모를 연설이
내겐 비수가 되어
풀어헤친 신발끈을 동여매고
먼 길 떠날 준비를 하게 만든다

오늘은 장대비가 쏟아져
집 밖을 나설 수 없었으면 좋겠다
투표함이 빗물에 모두 떠내려갔으면 좋겠다

소금장수 덕배가 사라진 염전 위에서
발을 동동 구르며 엉엉 운다
등대지기 창쇠가 도로 위에 회전등을 보며
긴 한숨 끝에 연신 담배를 피워 문다

한 겨울 플라스틱 쓰레빠에
갓난 아이 업고 역전을 서성이는
상고머리 옥자와 버려진 신문 몇 장과
선택권을 맞바꾼 노숙의 하루

욕심이 없기에 참여를 거부한다는
어설픈 궤변의 손가락질

깃발

한 점 크기의 바람에
괴로워하는 건 깃발뿐이었다

우리가 태어나기 이전부터
어느 하늘 아래 어느 산 아래
어느 들녘 위에 깃발은 나부끼고 있었다

강물이 흐르는 곳에 사람이 살고
산맥을 타고 흐르는 대지 위로
태어나는 생명들 위로 나부끼는 깃발들은

흔들리는 괴로움 속에 갈등하는 생명들은
허공에 매달린 깃발에 몸을 기대며
하루하루를 살아간다

허공을 지탱하던 깃발이
비바람에 찢기고 태양볕에 빛이 발하여
조금씩 조금씩 형체를 잃어간다

용도폐기

무언가를 잃어버린 세상
아침에 문을 열고 길을 나서며
나는 오늘도 해야 할 일을 찾아봅니다
언젠가 세상에 버려질 일들은
시계 바늘 위에서
우아한 자태를 뽐내며 춤을 춥니다
모래밭에 씨앗을 뿌려놓고
싹트기를 기다리던 날
밝은 태양의 미소가 아름답게 비추던 날이 지나고
쓰레기통 속에서 피어난 푸른곰팡이가
아름답게 보이는 순간
열정은 유리벽 속 진열대에서
지나가는 이들의 눈길을 구걸합니다
오래 전에 썼던 시가
유치한 넋두리로 보이는 것도
구차한 변명이 싫은 까닭입니다

봄의 정원에서

내가 지금 걸어가는 길이 그 길이고 싶다
파란 하늘과 푸른 초목이 우거지고
길녘에 만발한 꽃길

시원하게 불어오는 바람이 어디에서 오는가를 생각하며
오래된 노랫가락에 맞춰
흥얼거리며 그 길을 걷고 싶다

기억을 잊은 채 살아가는 이들이여
보이는가 푸르른 대지에
움트는 열매의 싹이

아픔을 모르고 살아가는 이들이여
들리는가 바람이 몰고 온
대지의 작은 숨소리가

별과 함께

하루가 길게만 느껴지는 까닭은
추억 속에 나를 묻고
살아가기 때문이겠지요

내일이 없을 거라 생각하는 까닭은
어제보다 낯선 세상을
살아가기 때문이겠지요

모든 것이 다 떠나가고 홀로 남아
밤하늘에 별을 헤아리는
서글픔에 잠 못 이루는 그런 날에

내게 눈길을 주는 별에게
환한 미소를 보내며
술잔 속에 별빛을 담아봅니다

먼 세상을 돌아 다시 찾아온 별에게
빈 잔을 건네며
잔을 비웁니다

동틀 무렵

푸른 산이 변하지 않는 날에
나는 자유의 깃발을 들고
먼 세상을 향해 내가 왔노라고 외칠거라
떠오르는 여명을 바라보며 맹세했었다

사람들의 욕심이
내게 살아야 하는 변명을 만들어 준 이유 때문에
술 한 잔에 넋두리 삼아 쓰던 시는 이내 자취를 감춰버리고
다시 또 한 편의 소설을 쓰기 시작한다

실개천을 따라가다 문득 생각나는 산꼭대기
바위틈 어딘가에서
졸졸졸 흐르는 맑은 물은 달빛과 어둠 속에서
광채를 번쩍이며 존재를 알린다